Zunik
DANS
le rendez-vous

RETIRÉ DE LA COLLECTION
UQO - DIDACTHÈQUE

Laboratoire de **didactique**
Département des sciences de l'éducation
Université du Québec à Hull

LU
DO
SAE

PS
8563
A98
Z869
1994

Les éditions de la courte échelle inc.
5243, boul. Saint-Laurent
Montréal (Québec)
H2T 1S4

Conception graphique: Derome design
Révision des textes: Odette Lord

Dépôt légal, 3e trimestre 1994
Bibliothèque nationale du Québec

Copyright © 1994 la courte échelle

la courte échelle

Données de catalogage avant publication (Canada)

Gauthier, Bertrand

　　Zunik dans le rendez-vous

　　(Zunik; 9)

　　ISBN 2-89021-216-5

　　I. Sylvestre, Daniel.　II. Titre.　III. Collection.

PS8563.A847Z345　1994　　jC843'.54　　C94-940304-0
PS9563.A847Z345　1994
PZ23.G382Zu　1994

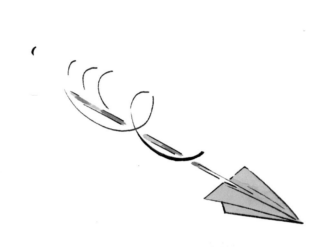

Ce matin, je suis très... beaucoup... énormément... nerveux.

C'est parce que j'ai tellement hâte de pouvoir serrer ma mère dans mes bras...

... et de lui remettre le beau wawazonzon de Pâques que j'ai fait juste pour elle.

Depuis que ma mère vit à New York, c'est la première fois que je vais la visiter...

... et c'est aussi la première fois que je vais faire un voyage en avion.

Pour Pâques, mon père m'a fait un beau cadeau.
Il m'a offert une nouvelle boîte de crayons de
couleur.

Je les ai apportés à la maternelle et c'est là que j'ai dessiné un gros wawazonzon.

J'espère bien qu'en voyant mon wawazonzon,
ma mère sera fière de moi.

Parce que si elle aime mon wawazonzon, je suis sûr que maman va vouloir l'encadrer.

Oui, oui, dans la maison de maman, je le vois bien maintenant, mon wawazonzon.

Ainsi suspendu au mur de son salon, il est si beau, mon wawazonzon!

Subitement, je ne peux m'empêcher de penser
que j'ai oublié quelque chose...

Ah non, pas ça! Ce matin, mon père était aussi énervé que moi. Jamais je n'aurais dû me fier à lui.

Maintenant, j'en suis sûr: moi, je suis là,
mais mon wawazonzon, lui, est resté à la maison.

Aussitôt assis, je me dépêche de fouiller dans mon sac à dos. On ne sait jamais...

Ouf, je me suis inquiété pour rien. Mon wawazonzon est bien là, tout au fond de mon sac. Merci, François!

Je l'aime donc, ma mère, quand elle me donne un aussi beau rendez-vous.